FEMMES D'APOCALYPSES

De la même autrice :

À L'instant même :

Les Amazones, roman, 2012.
Hikikomori, roman, 2014.

Chez d'autres éditeurs :

La sœur de l'Autre, Isabelle Rimbaud, roman, Hamac, 2022.
La princesse au petit pois, roman, Éditions ADA (Collection Contes Interdits), 2022.
Au clair de la lune (avec Dominic Bellavance), roman, Éditions Corbeau, 2023.

Josée Marcotte

FEMMES
D'APOCALYPSES

roman

L'inſtant même

Illustration de la couverture : *La femme aux fleurs* (Albert Joseph Pénot)

Mise en page : Anne-Marie Jacques

Distribution pour le Québec : Diffusion Dimedia
539, boulevard Lebeau
Montréal (Québec) H4N 1S2

Distribution pour la France : Distribution du Nouveau Monde

© Les éditions de L'instant même, 2023

L'instant même
237, rue Louise
Longueuil (Québec) J4J 2T2
info@instantmeme.com
www.instantmeme.com

Dépôt légal — Bibliothèque et Archives nationales du Québec, 2023

ISBN 978-2-89502-477-4

L'instant même remercie le Conseil des arts du Canada, le gouvernement du Québec (Programme de crédit d'impôt pour l'édition de livres — Gestion SODEC) et la Société de développement des entreprises culturelles du Québec. Nous reconnaissons l'appui financier du gouvernement du Canada. Canadä

Josée Marcotte souhaite remercier le Conseil des arts du Canada pour son soutien financier.

«En tant que femme, je n'ai pas de pays.
En tant que femme, je ne désire aucun pays.
Mon pays à moi, femme, c'est le monde entier.»

— Virginia Woolf

«Les nés fatigués me comprendront.»

— Henri Michaux

Ce qui est arrivé se produira à nouveau.
La Bête rouge mordra sa queue.
La prison de l'Histoire sera faite femmes.

Au-delà des mystères du temps se trouve une foulée de femmes recluses.

Dans les ruines donjonnées, elles respirent à l'unisson toute la poussière d'un monde qui ne semble plus exister.

Il n'y a plus de toit. Y en a-t-il déjà eu un ?

Les prisonnières admirent le Soleil et la Lune qui poursuivent leur danse incessante depuis des siècles et des siècles.

Elles ne comptent ni les jours ni les nuits.

Les chiffres ne possèdent pas la vérité.

Seules leurs voix montent et grondent pour combler le vide d'un chaos qu'on croit plusieurs fois millénaire.

Elles ont faim de mémoire.

C'est à qui parlera le plus fort.

Quand il ne reste plus personne pour écouter.

ÈVE

Si on s'aventure à leur poser des questions simples et sensées comme « où est ta clef » ou « qui sont vos geôliers », ces femmes marmottent des borborygmes impossibles à décoder. Mais si on leur quémande une prière, une chanson, une anecdote ou le fragment d'une vie, elles exposent leurs parties les plus intimes.

Les habitants ne souhaitent plus les libérer. Elles sont devenues l'attraction la plus rentable de la cité depuis l'échec de la révolution des classes populaires. Le vedettariat est mort ; il fallait trouver autre chose.

Les murs de pierres usées et corrodées sont si hauts qu'ils ne peuvent être escaladés. On dit que nombreuses sont celles qui s'y sont brisé les ongles, les dents et les genoux par le passé.

Ces femmes sont dociles et immortelles. Sans âge.

Les touristes désœuvrés viennent y jeter leur argent, reviennent sans cesse. Une véritable curiosité comme on n'en voit plus de nos jours.

Certains disent que des prophètes habitent ces lieux, affirment que la folie pure rôde. D'autres payent pour leurs corps. Une pièce pour la bonne fortune.

L'abouchement des Femmes d'Apocalypses n'est pas à la portée de chaque bourse. Il faut du pécule et faire la queue comme tout le monde.

Chose sûre, aucun tour guidé n'est jamais le même. Bien qu'on recommande de débuter chaque visite par le spectacle d'Ève, toujours stupéfiant. Apportez-lui un os comme offrande, de n'importe quel être vivant, et elle le transformera sous vos yeux en créature de votre choix : poulet, truite, tourterelle, chat, méduse... Vous pourrez bien sûr l'emmener avec vous comme souvenir à la fin du parcours.

Une chimère miniature ? Pas de problème. La semaine dernière, Ève a même transmué une licorne pour une fillette. Il vous suffira d'être clair et précis dans votre demande. Cependant, n'oubliez pas votre cage de transport pour la bête.

Nous ne fournissons pas de sac.

Apo

Avant même d'approcher la cage et de lire le nom sur la plaque, l'odeur acidulée pique les narines et renverse les estomacs les plus solides. Là, oui, on distribue des petits sacs.

À quatre pattes dans le sol maculé et vaseux, Apo crie dans le travail et les douleurs de l'enfantement.

Elle accouche de sang.

La cascade au faible débit creuse ses sillons autour de la femme, petit à petit, circulaires. L'affluence malodorante grouille comme un cordon ombilical doté d'une vie propre. Un mince et effilé dragon rouge sans membres. Celui-ci gronde avec ce qu'on pourrait croire être une bouche, mais on confond avec un remous. Un des multiples tourbillons d'émoi vagissant.

Ceux qui sont prêts à payer un supplément pour recueillir le liquide écarlate peuvent conclure la transaction avec la préposée assignée à la cellule. Elle vous fournira la fiole nécessaire.

Malgré l'absence de consensus scientifique, on attribue des vertus thérapeutiques à la liqueur d'Apo, qu'on peut aisément mélanger aux décoctions maison contre les virus saisonniers.

Après plusieurs minutes à ce rythme, lorsqu'enfin le minifleuve s'affaiblit et se tranquillise, quelle surprise de le voir rebrousser chemin vers la femme qui l'a vu naître. Lentement, à la vitesse de la délivrance, la précieuse flotte sinueuse retourne à l'abri matriciel en défiant toute loi naturelle.

Le stockage se fait dans un tiraillement chaque fois neuf et brûlant. Apo hurle ses souffrances dans un jargon inconnu. Elle aboie plus qu'elle ne sacre.

Tandis que le passé s'invagine dans le présent comme il l'a toujours fait.

Salomé

Le Soleil revient chaque jour, ou presque. Fondation sûre de la vie et de l'intelligence, la lumière glisse sur les captives et délie les abattis atrophiés des rêves nocturnes.

Les survivantes vivent, il n'y a que cela à faire.

Entre deux souffles, Salomé réclame sans cesse *la* tête.

Quelle tête ?

L'organisation n'en sait rien.

— Amenez-la-moi sur un plateau.

La femme piétine dans son cachot. L'air hagard, l'écume aux lèvres, elle cherche avec avidité dans les ombres, les bras ballants et l'œil agité.

— Je veux sa tête. Coupez-la.

Nous avons bien essayé avec plusieurs sujets décapités à la morgue, le résultat d'une entente conclue cette dernière décennie avec le département des Sépultures. Des nobles, des roturiers, des roux, des androgynes, des meurtriers, des enfants, des vierges, des albinos... Rien ne semble la satisfaire.

Même réaction irritée. La même demande répétée.

Alors nous avons testé la chose avec des animaux : phacochères, troglodytes, loups, bœufs, griffons, vélociraptors, lapins, rats... La tête idéale n'a pas encore été dénichée.

— Je veux sa tête. Sur un plateau. Allez !

Ad nauseam.

D'une voix féroce, elle lance ses instructions aux murs muets.

Ce qu'elle fait avec les têtes offertes ? Bonne question. Non, elle ne les mange pas. Vous pouvez apercevoir là, au fond de la cellule, à droite, le dernier spécimen offert.

On invite évidemment tout le monde à remplir le formulaire officiel de don d'organes qui sera distribué à la sortie. Peut-être êtes-vous cette personne spéciale, la clef du mystère. Chaque geste compte pour faire avancer la recherche.

Vous, à l'arrière, veuillez faire taire votre chimère. Vous dérangez les autres visiteurs.

Lilith

La porte de cette cage est débarrée et entrouverte.
Le panneau à l'entrée désigne «Lilith».
Deux hommes musculeux vêtus d'uniformes bleu clair s'y trouvent et maintiennent la prisonnière nue au sol, ventre contre terre. Ses bras et jambes sont immobiles. Seule la tête remue dans la terre.
Elle tord son long cou avec impuissance tandis qu'un troisième gaillard avec une scie à chaîne vrombissante et acérée taille des excroissances osseuses dans son dos.
— Je suis un homme, vous ne pouvez pas faire ça. Lâchez-moi !
Dans le raffut aigu et mécanique s'élève la clameur de la femme.
Les fragments d'os empoussièrent l'air et virevoltent comme si on sculptait du marbre.
Le vacarme tranchant le ciel est infernal.
— Je suis un homme comme les autres !
Les visiteurs se bouchent les oreilles.
À intervalle régulier, c'est-à-dire une fois toutes les six semaines, l'organisation doit procéder à l'ablation des ailes de Lilith. Nos techniciens chevronnés sont formés et habilités à mener cette opération en toute sécurité.
La cage est ornée de barbelés sur le dessus. Efficaces pour empêcher l'évasion et laisser les astres filtrer.
On propose aux invités de ne pas s'attarder.

Les Pleureuses

N'oubliez pas que tous vos appareils sont surveillés avec l'application téléchargée en début de parcours avec votre consentement. On vous rappelle que les vidéos sont interdites, mais que vous pouvez prendre autant de photos que désiré. N'hésitez pas à partager sur les réseaux sociaux.

La prochaine attraction sera peut-être retirée de l'exposition permanente pour une durée indéterminée. On remarque un intérêt déclinant cette saison pour la cellule des Pleureuses. Des soixante-dix cages disponibles, on propose toujours soixante femmes sur une rotation d'un an. Il faut entre autres entretenir les différentes pièces et consolider les failles dans les murs. La fréquentation des Pleureuses a chuté de plus de quarante pour cent au cours des six dernières semaines.

Les statistiques du préposé se perdent dans les lamentations affûtées des trois femmes recroquevillées sur elles-mêmes, en toges beiges maculées de sable.

Les larmes en flot creusent des canaux humides et chauds sur leurs poitrines pour rejoindre le sol. Inconsolables, elles se frappent sans ménagement les seins des poings en chantant leurs complaintes incompréhensibles.

Résonnent ainsi les pleurs, les échos d'un deuil infaisable surgissant des entrailles de la Terre. Millénaire et sans pudeur.

Bref, on n'y peut rien, on n'y comprend rien, mais on ramène des clichés.

LA GRANDE PROSTITUÉE

Une voix douce et suave émerge pour la première fois de votre appareil, maintenu dans votre main droite. Un sac à bandoulière, ouvert, tenu sur la même épaule, sert de lit à votre mini chimère qui fait la sieste. Il faudra bien lui donner un nom.

— Selon les cellules choisies jusqu'à présent, nous vous suggérons de poursuivre avec la Grande Prostituée. Hall 2, porte 4.

L'intelligence artificielle nommée Marie, une assistante vocale, fait partie des activations possibles de l'application téléchargée lors du paiement initial.

Vous êtes entre deux cellules, près d'un couloir sombre relié au Hall 1.

Des murmures s'élèvent de spectateurs excités, se mélangeant aux tumultes et clameurs des femmes captives.

Ils indiquaient sur le site Web qu'il était plus agréable de faire la visite en groupe organisé.

— Pour accéder à cette attraction, un prélèvement supplémentaire basé sur la Charte des frais en vigueur sera débité de votre carte pré-enregistrée. Dites oui ou non.

— Non.

Marie-Madeleine

Marie-Madeleine erre dans sa cage en compagnie de sept démons miniaturisés qui lui mordillonnent les mollets.

Cette cellule est plus large que les précédentes. Probablement pour contenir tous ces petits êtres.

Ils ont l'apparence de fadets, le menton en galoche et l'œil guilleret. Lurons aux fesses nues et aux dents safres trottinant et poursuivant leur proie en fredonnant :

— Di-dou-di-dou-di-dou.

Dans sa tunique beige presque transparente qui lui arrive aux genoux, la femme a le teint pâle, ses petits pieds sales tristement livrés aux intempéries. Sa longue crinière brune aux accents de sable virevolte à chaque pas.

— Mais lâchez-moi !

Des orbites incrustées de pierres noires et grises comme du charbon sont visibles à l'endroit où devaient nicher autrefois de jolis yeux.

Profitant de l'absence momentanée et inespérée d'autres visiteurs devant son habitat, vous vous approchez avec douceur et vous risquez à demander :

— Que vous est-il arrivé ?

Elle répond d'une voix assurée :

— Je vis ici. Les dieux sont allés bêtement se faire tuer. Le sol a rejoint les cieux. Au jour de l'Ère nouvelle, toutes les femmes appartiennent à tous les hommes, peu importe leur forme. Les suppôts sont revenus. Les démons me pourchassent sans cesse dans l'éternel retour…

— Vos yeux. Qu'est-il arrivé à vos yeux ?
— Je suis un homme comme les autres ici. Aveugle d'avoir trop vu. Allez-vous-en, sales vermines !
— Di-dou-di-dou-di-dou.

Elle en botte un qui rebondit vigoureusement sur la paroi de pierres glissantes la plus proche.

On dit qu'au temps prestigieux du commencement, l'homme n'avait pas encore inventé la roue. La gent féminine prenait mari et destin. C'était avant le dévoilement du Tout.

Marie-Madeleine connaissait le Tout.

— Où se cache votre clef ? Pouvons-nous vous libérer ?

Justement ce qu'il ne faut pas demander aux recluses.

Elle pousse un sifflement strident qui rappelle un cri d'oiselle perchée.

Vous apercevez la clef enfouie et brillante au fond d'une cavité granuleuse lui servant d'œil. Un trésor perçant et pénétrant à même le corps, la résignation de celle qui en a vu d'autres :

— Allez-vous-en, j'ai dit.
— Di-dou-di-dou-di-dou.

Les Filles de Celofehad

Le panneau un tantinet défraichi indique « Filles de Celofehad ».

Elles se nomment Noa, Mahla, Hogla, Milka et Tirça. Des mots difficiles à prononcer, encore plus quand on a la bouche pleine de chips au vinaigre achetées à la distributrice entre deux cellules.

Les jeunes femmes sont couchées sur le dos. Jolies. Un air de famille, en effet. Elles portent des parkas et des pantalons assortis. Des bottes usées.

En moulinant leurs bras et jambes, elles font des anges dans la terre. Elles creusent le sol meuble à même leurs corps.

Elles rient. S'esclaffent de plus belle. Sans ralentir.

Elles sont cinq.

Bien que captives, elles ne cessent de glousser de contentement en cavant le sable mêlé de boue et de terre avec leurs membres.

Les éclats enjoués résonnent et ricochent sur les murs.

Elles bouffonnent dans la fange. Rient dans leur propriété. Se moquent dans la saleté. Leur seule possession.

L'hilarité provoque la confusion.

Et aucun préposé pour vous expliquer la bonne blague.

Des anges.

La Femme adultère

Celle-ci écrit dans le sol à même ses doigts.
— Je préfère qu'on m'appelle Jeanne, dit-elle.
Assise dans la terre, elle fait rôdailler ses mains pour y inscrire on ne sait quel langage. On n'y voit rien à cette distance. Elle recule pour mieux admirer son travail. Puis, la mine satisfaite, elle se penche, efface le tout qui disparaît dans un geste lent, cérémonieux.
Elle se rassoit. Prend une grande inspiration. Recommence.
— On raconte que de la terre nue sans eau ni flots surgirent les cailloux et les pierres. Ces choses ne se mangeaient pas, alors l'homme leur trouva d'autres utilités. Des rochers jaillirent des demeures. Des blocs donnèrent naissance à des statues plus majestueuses les unes que les autres. De la roche naturelle on fit des monuments à la grandeur des cieux. De la pierre vint la mort. Cela se nommait lapider.
La femme ne lève pas le nez de son ouvrage.
Elle creuse des mots profonds dans la terre malléable.
— Je préfère qu'on m'appelle Jeanne. Prenez exemple sur les cailloux, pauvres vous.
Impassible, d'une voix neutre, elle conclut :
— Continuez, roulez, concassez le fragment de votre misérable vie jusqu'à sa destruction.

Anne

Éternellement figée dans la peau d'une vieille femme, Anne est assise, recroquevillée, sur une chaise en bois près d'une paillasse. Des odeurs de foin émanent de la cage, spacieuse, qui rappellent l'arôme du thé bu dans une contrée lointaine. Et une autre exhalaison étrange s'y mêlant.

Totalement nue, sans cheveux ni pilosité, elle pèle sa peau brunie par le soleil tel un serpent pendant la mue.

Anne prend un petit bout parcheminé qui dépasse, au niveau de l'avant-bras droit, tire dessus, vers le bas, avec sa main gauche, lentement, d'un geste assuré.

Le sol est truffé de chairs mortes.

Sur son visage, nulle trace de douleur. La femme est imperturbable et muette.

Elle poursuit sa besogne avec délicatesse et rigueur. Ses mouvements s'enchaînent.

Toujours vers le bas.

Des épluchures de jambes, de tête, de seins... Elle semble s'amuser à deviner quel morceau sera le plus gros avant de procéder.

Vous vous prenez au jeu et restez longuement planté là, à l'examiner. Cela a quelque chose d'apaisant.

Une peau aux multiples couches, infinie, ridée, et pourtant chaque fois renouvelée.

Comme les phanères d'une poule inerte qu'on plume, les fragments rejoignent la terre en toupinant, voletant avec douceur.

Anne mue dans l'éternel retour du même, la paix dans chaque millimètre de ses traits. Une sorte de permanence, de calme, dans l'enveloppe corporelle, froissée, flétrie, usée, *ad vitam æternam*.

La voix de Marie surgit alors de l'appareil dans votre main :

— Méfiez-vous des maliciels. Si une notification de mise à jour n'est pas officiellement émise par notre application, ignorez-la. Ne suivez pas ses instructions. Pour plus d'information, cliquez sur le lien qui apparaît sur votre écran.

Vous ne cliquez pas sur l'URL.

Dina

Loin des douces neiges originelles, Dina est couchée sur son lit de paille.

En tenue négligée, nonchalante et souriante, elle engouffre des œufs cuits durs, un immense bol rempli à ses pieds.

Elle n'a qu'à tendre la main.

La femme mange. Et entre les bouchées, explique :

— On m'a épuisée pour trois millénaires. Je prends du repos dans cette cellule. Je reprends mon souffle perdu.

Après plusieurs œufs ingurgités, quelqu'un se risque à lui demander :

— Mon épouse a le cancer de l'utérus. Que faire pour l'aider ?

Elle termine un dernier morceau avant de replonger dans le plat :

— Enterrez vos malades pour les faire renaître.

L'homme secoue la tête, n'y comprend rien.

Un silence lourd comme la mort règne dans la pièce.

Cet œuf-ci, elle l'engloutit d'un coup, mâche longuement, bouche ouverte, elle malaxe, avale, puis reprend :

— Pour le retour au grand Tout, la terre devient la seule solution.

ADA

La terre... Ada en connaît un rayon sur le sol, que l'autre préposée dit. On vous invite à poursuivre la visite. C'est la captive suivante.

Assise, les jambes croisées, elle s'affaire à monter des châteaux de cartes à même le sol. La femme est entièrement encerclée par ses créations.

Plusieurs assemblages pointent autour d'elle, des triangles variés, constructions inégales, colorées, farfelues. Des tentes, huttes, minuscules maisons, pignons, bâtisses informes de papier et de carton, sans harmonie ni habitants. Son territoire est vaste. Pourquoi a-t-elle droit à plus d'espace que les autres prisonnières ?

Ada mélange les sets de tarots, des jeux conventionnels, des cartes aux symboles étranges, que vous ne reconnaissez pas, pour en faire un monde fragile.

Elle se déplace avec grâce et fluidité pour ne rien ébranler, va chercher quelques paquets de cartes à l'arrière puis revient devant vous sans un mot.

Une pancarte à proximité avise les clients : « Grâce à la géolocalisation de l'application, nous savons où vous êtes. Sachez que si vous faites tomber une réalisation d'Ada, une amende conforme aux termes de l'entente acceptée en début de parcours vous sera imposée. »

Vous empoignez la gueule de votre chimère, juste au cas, et vous remettez en route.

Tous retiennent leur souffle et traversent discrètement.

Cilla

Le corps est un calice de chair humide. Cilla préfère l'action du feu, s'en tient au plus près.

Sa peau rougeoyante de mille éclats, brunie par les efforts et le fer, elle affirme que les dieux n'apparaissent pas dans les sols mais dans les forges.

La chaleur est suffocante. Vous reculez d'un pas.

Vous scrutez la femme, ses mains semblables à du bronze affiné en fournaise ardente. Nue, cheveux courts gominés, bouche fermée, mine concentrée, elle s'affaire à la besogne. Les bras musclés frappent le métal à un rythme soutenu.

Le feu ne dort jamais. Cilla martèle jour et nuit, alterne les mains dans une *flambulance* éternelle. Toutes ces femmes rejettent l'hypothèse de la mort.

— Qu'est-ce qu'elle crée ? lance alors votre voisin de droite au préposé de cellule.

— Des glaives, des boucliers, des lances… Depuis ce matin, Cilla travaille à une épée courte.

— Pourquoi ? renchérit l'homme en complet-cravate.

— Autrefois, lorsqu'on pouvait encore se baigner dans le fleuve, cette femme appartenait à une tribu qu'on appelait les Amazones. C'était son rôle au sein de la communauté. Depuis, elle ne peut plus s'arrêter.

— Où sont les armes ? demandez-vous d'une voix forte pour couvrir les sons du marteau.

— Ses créations, fort réputées, sont exportées à travers le monde et les dirigeants se les arrachent à haut prix.

N'oubliez pas de passer à notre boutique de souvenirs, Hall 4, porte 7. Vous y trouverez les pièces maîtresses de sa collection en exposition. Pour tout achat, veuillez prendre rendez-vous avec nous à la boutique.

Aksa

On dit que si Aksa a autant besoin d'eau, c'est à cause de sa proximité avec Cilla. Elle vit trop près des forges et de ses canicules assoiffantes.

Dans un bassin, immergée jusqu'à la taille, tignasse noire volumineuse plaquée sur sa poitrine généreuse, une cruche à portée de main, elle engouffre toute l'eau possible. Le liquide coule sur ses joues pleines.

Entre deux gorgées, la femme se proclame reine des assoiffés et règne sur son petit carré de terre, la cellule qui lui est impartie. Qui sont ses sujets ? Quelle drôle de femme.

— Vous aussi êtes assoiffés, seulement vous ne le savez pas... fait-elle en direction de votre groupe.

Après une longue lampée, elle poursuit d'un ton solennel :

— Toutes ces femmes en cage vous rassurent, des espaces clairs, délimités, entre vous et nous... L'étrange ne vous appartient pas... Excepté cette chimère que j'aperçois.

Elle vous observe, attend votre réponse. Pointe sa main et son doigt ratatinés vers votre personne.

— À quoi ressemble votre chimère ?

Marie

Votre créature bien enfouie sagement dans le sac à bandoulière, vous poursuivez votre chemin. De quoi elle se mêle, celle-là ?

La file pour la fontaine à eau n'est pas bien longue. Vous vous y rangez. Vous buvez, comme tout le monde d'ailleurs.

Cela fait presque une heure que vous êtes ici, et cette odeur de sang, omniprésente, commence à vous peser. Des effluves de métaux aigres qui ne semblent pas vouloir quitter vos narines viennent par vagues. Vous vous rappelez avoir aperçu des préposés avec des masques. Peut-être y aura-t-il des machines distributrices ?

La prochaine captive serait Marie. Une fois arrivé à la cellule, vous vous retrouvez face à un large espace moderne et propret où sont attablés des travailleurs devant différents ordinateurs.

La pancarte indique : « Bureau de l'IA. Ne pas déranger. »

Il n'y a pas de préposé, et les quatre employés sur place, affairés, pianotent et tapotent sur les claviers et écrans, protégés par l'unique toit du parcours. Le plancher est pavé de pierres lisses et de fils électriques.

C'est ici qu'on gère Marie.

Une notification apparaît sur votre appareil :

« Bienvenue chez moi. Il n'y a rien à voir. La prochaine sur votre itinéraire actuel est Avigaïl. Empruntez le couloir à votre droite. Je vous accompagne. »

Avigaïl

Avigaïl se traîne à genoux, jour et nuit.
La préposée explique qu'on doit changer ses genouillères chaque jour.
Elle mange, boit, dort, chante, fait ses besoins dans cette position.
Cela vous apparaît fort inconfortable.
Elle se plie ainsi à toutes les volontés de ses geôliers, tous les vents.
Disant oui à tout.
Cette femme se cramponne au sol par les genoux.
— À quoi voulez-vous qu'on s'accroche ? Aux murs ? Ha !
Comme les bourrasques font ployer la branche, celle-ci finira par casser, songez-vous. Cette femme ne saurait être éternelle. Quoiqu'il n'y ait pas la moindre brise qui filtre ici.
Peut-être lisant dans vos pensées, Avigaïl profère ces paroles :
— Votre chimère pourrait nous souffler, toutes...

TABITHA

Qu'est-ce qu'elles ont toutes avec votre chimère ? Vous enfouissez sa tête poilue dans le sac en lui flattant le museau et passez à la cellule de Tabitha.

Une plaque indique « La Ressuscitée ».

Une vieille dame se repose sur une chaise longue en rotin. Elle porte une robe verte et des sandales de type gladiateur. Ses mains sont croisées sur sa poitrine, ses yeux fermés. La femme semble en paix. Aucun mouvement ni personnel de soutien devant sa cage.

— Pas très intéressante, celle-là, hein ? lance une femme derrière vous.

— C'est que vous ne posez aucune question, riposte la vénérable d'une voix forte.

La dizaine de visiteurs s'observe et se demande qui osera.

Vous réfléchissez.

Un homme à côté interroge :

— Pourquoi ne pas vous donner la mort au lieu d'être ici ? Votre existence est vide.

— Le système carcéral fonctionne très bien. L'absence de suicide est la preuve de l'abandon de la conscience. De toute façon, on me ramènerait, alors, à quoi bon. Je vis dans mon esprit, c'est suffisamment riche pour nous, qu'elle répond avec douceur sans prendre la peine d'ouvrir ses yeux.

Une notification *pope* sur votre appareil :

«Vous avez obtenu une réponse. Veuillez passer à la captive suivante pour permettre aux prochains groupes de voir Tabitha.»

Vos jambes obéissent.

Susanne

Là c'est du spectaculaire ! Susanne est un vrai prodige.

Dans sa cellule, la femme interchange ses organes à qui mieux mieux, jongle avec son foie, ses yeux, ses rotules, ses oreilles... défiant toutes les lois biologiques.

Vous restez un long moment devant la prisonnière, captivé.

Elle prend des positions impossibles et danse avec ses membres intervertis. Les fesses dans le cou, la jambe dans le front, les yeux sur les omoplates... Dans un mouvement perpétuel, Susanne joue de son corps. Libre. Une véritable beauté mouvante.

Masse saccagée par un jeu qu'elle seule maîtrise, l'emprisonnée roule sa bosse informe dans le lopin de terre imparti et chante sa goualante inconnue. Ce faisant, elle déroule les soleils dans sa voix, modulée, puissante, emplissant tout l'espace disponible de ses clameurs et efforts incessants. La foule l'encourage de ses cris. Elle redouble d'ardeur dans sa besogne.

L'impermanence du monde est sa seule permanence.

SHIFRA

La pancarte indique seulement « Shifra, sœur de Poua ».
Postée devant un long miroir ovale reflétant l'entièreté de sa personne, Shifra demeure immobile. Aucun mouvement. Aucun son. Nul sourcillement. Nul clignement des yeux.
Le préposé explique qu'elle cherche la différence. Depuis des lustres, la femme attend dans la nudité la plus complète. Pareil. Toujours pareil. Rien ne change. Rien ne bouge. Le corps figé, Shifra s'observe se voir.
Tout est semblable. Sinon l'éclairage naturel filtrant par le toit grillagé. Seul le temps avance sa marche. La femme s'efforce de trouver le moindre changement dans la glace. D'une voix calme, elle affirme :
— Un siècle à yeux, décidément.
Et vous en faites partie.
— Tout peut naître ici-bas d'une attente infinie.
Votre chimère s'agite dans le sac à bandoulière, vous glissez votre main dans l'ouverture pour la caresser et l'intimer au calme.

POUA

La sœur de Shifra, Poua, a son emplacement juste à côté. C'est le plus petit logis que vous ayez vu jusqu'à présent. Rikiki, mini, pas plus de deux mètres par deux. Une maigre paillasse, un oreiller, un drap blanc, jouxtée d'un tabouret, un seau et une truelle.

Le soleil de midi arrivera bientôt pour illuminer le corps laiteux de Poua. C'est qu'elle est fort jolie, cette femme. Nue, étendue dans son lit, elle observe le ciel, les mains derrière la tête. Son ventre est recouvert d'une substance gris blanchâtre, craquelée.

— Que faites-vous là ? hasarde une vieille dame.

— Je suis l'empêcheuse à naître.

D'un doigt, sans jeter un œil aux visiteurs, elle pointe le récipient puis agrippe l'instrument pointu comme une pelle miniature, la truelle, qu'elle agite pendant ses explications :

— Chaque matin, je m'enduis l'abdomen de plâtre parce que la nuit, je creuse mon nombril.

Dans son sommeil, la femme gratte et vide son trou. Le centre a besoin d'être colmaté.

— Qui sait ce qui pourrait en sortir ? ajoute-t-elle.

Il paraît que les nuits ici gominent les corps, hallucinent les femmes, grouillantes de cauchemars et de créatures sous les peaux et les paupières où s'inventent des couleurs neuves. Une tout autre expérience.

Vous avez ce sentiment aigre en bouche de rater quelque chose : vous auriez dû prendre la visite nocturne. Mais c'était beaucoup trop cher pour votre budget.

Tamar

Vous osez demander à la prochaine femme sur votre parcours ce qui se produit la nuit, avant qu'un autre énergumène pose une question dont vous n'avez rien à foutre...

C'est ce qui arrive quand on choisit un parcours, on en élimine d'autres. Vous avez sélectionné sur le site web « diurne ». Ça s'appelle faire des choix. Que ratez-vous ?

Il s'agit cette fois de Tamar. Son nom est placardé à l'extérieur comme à l'intérieur. C'est la première fois que vous voyez du gravage dans ces ruines. Sur le mur du fond se trouvent les lettres t.a.m.a.r. incrustées, sillons répétés de long en large sur la pierre humide.

La nuit, elle dit perdre son nom sur l'oreiller. Pour le retrouver au matin.

— Nous sommes une masse hétéronome saccagée, un groupe fracturé de boucliers intérieurs. Ceux-ci ne tombent pas à force de respiration, seul le couvert de la nuit en vient à bout. Et ça m'effraie. Lorsque le soir surgit, j'en oublie comment je m'appelle, alors le mur, bienveillant, immuable, m'aide à me recouvrer au petit matin. Tamar.

Elle poursuit, à bout de souffle, les yeux ronds comme la Lune :

— Ici, au moins, je m'appartiens, seule. Mon unique souhait est d'être MOI, aujourd'hui. Sans hier, sans demain. Je suis Tamar au réveil, c'est tout ce qui compte. Et au diable l'obscurité.

Femmes d'Apocalypses

Ça sent le roussi cette histoire : la femme a peut-être seulement peur de divulguer les secrets de la vie nocturne aux visiteurs du tour de jour ?

Vous feriez mieux d'oublier toute cette affaire et de vous concentrer sur cet itinéraire pour lequel vous avez payé son pesant d'argent.

Sodome

Comment peuvent-elles vivre ici ? En ce lieu glauque. Assurément qu'elles vivaient ailleurs auparavant... Où ça ? Comment sont-elles arrivées là ? Vous ne comprenez pas trop, mais cela ne vous empêche en rien de profiter du spectacle. Vous avez trouvé la distributrice à masque chirurgical, alors l'odeur forte métallique vous indispose déjà moins.

Du sable, de la pierre, du sang, de l'humidité, des paraboles codées... Jusqu'où cela vous mènera-t-il ?

Aussi, elles sont souvent nues. Pourquoi donc ? Pourquoi ce dépouillement ? D'autant plus que certaines salles ne sont pas vraiment salubres ou habitables, à vue de nez.

Vous en êtes là dans vos réflexions quand la sinuosité des chemins et couloirs vous envoie dans une immense pièce, qui semble centrale si votre sens de l'orientation ne vous joue pas de tours.

Une noble dame, selon vous, siège sur un trône de bois, nue. Encore ! Vous lorgnez dans sa direction et observez longuement sa peau brune, ses traits fins, sa chevelure bouclée garnie, ses yeux ravis jusqu'au sourire qu'elle vous offre. Des filles, visiblement plus jeunes, sont agenouillées à ses pieds. Quatre. Sans vêtements. Trois autres plus loin sont couchées sur un large matelas duveteux et s'adonnent à des massages. Des oreillers jonchent le sol à profusion. C'est presque coquet ici.

— Avancez vers la *gratuitude* de l'Être, annonce la maîtresse des lieux.

En vous approchant, vous avez une meilleure vision de l'action se déroulant sous votre regard crédule. Vous en profitez et gorgez vos yeux.

— Respirer ne coûte rien dans le royaume. La vie est gratuite. Chez moi, la nudité est réelle, ajoute-t-elle, orgueilleuse, repue, sans souci, entourée de sa progéniture.

— Je croyais que seule la Grande Prostituée offrait ses services, vous dites.

— Pauvre naïf, la vie n'offre rien. Nous sommes plus libres que vous tous.

Vous n'aimez pas son ton, ne posez plus de questions.

Troublé, il vous faut néanmoins continuer à marcher.

Myriam

De toute façon, ce doit être bientôt l'heure de manger. Oui, il est midi quinze. Votre coupon numérique dans votre téléphone, il ne reste qu'à dénicher l'emplacement. La cafétéria, c'est pour le lunch, qu'ils disaient, et la salle à manger, pour la soirée seulement. La géolocalisation activée, vous demandez à Marie :
— Où se trouve la cafétéria ?
— Revenez sur vos pas, dit-elle de sa jolie voix.
Vous obtempérez, l'estomac soudain dans les talons.
— Dépassez Sodome, puis tournez à droite à l'embranchement.
En repassant devant le large espace grillagé réservé à la maîtresse désagréable et ses filles, vous remarquez que le loquet est ouvert. Personne n'y entre. N'en sort. La petite foule pressée contre la cage observe les peaux offertes en silence.
La faim tenaille l'homme.
Vous continuez sans vous attarder.
Après le tournant, une cellule apparaît à gauche.
— Dépassé Myriam, votre destination sera à votre gauche.
Dans une geôle s'affaire une femme aux cheveux courts roux en toge au-dessus d'un bureau massif en chêne poli : Myriam écrit. Des tas de papiers gribouillés jonchent le sol terreux.
Elle annonce sans entrain et sans lever la tête :

— La saleté fondamentale de l'existence est absente des listes et des instruments de musique. À défaut de jouer du tambourin, il faut dresser des listes, sans cesse...
Vous avez bien trop faim pour ces conneries.

La femme de Pilate

Rassasié de couscous aux légumes et de thé, vous auriez aimé prendre l'air sur un balconnet, n'importe où, mais une fois entré, ils ont prévenu que vous ne pourriez plus sortir avant la fin de votre parcours. Même si la plupart des ruines sont à ciel ouvert, ça ne circule pas bien, vous avez l'impression de manquer d'air sous votre masque.

En avançant au hasard, vous tombez sur la cellule indiquant « La femme de Pilate ». C'est quoi, elle n'a pas de nom ? Seulement la femme de. Qui était ce Pilate ? Il est absent. Seule, elle règne sur un monde qui n'existe plus.

Cette cellule apparaît plus confortable, le ciel est haut, les meubles d'apparence neufs, des tissus fins recouvrent chaque recoin, de drôles de bibelots brillants éparpillés détonnent. Des statuettes ? La femme semble confuse. Elle chantonne un refrain dans une langue inconnue, s'interrompt, farfouille dans ses livres, couvertures, coiffes, habits, recommence, pour à nouveau s'arrêter...

— Comment vous appelez-vous ?

— On a oublié. On ne m'a jamais écoutée. Je suis accessoire.

Elle soupire :

— L'Histoire est trouée de ces absurdités. Auparavant, nous étions toutes jetées à la mer des rêves comme des cauchemars. Aujourd'hui, la mer est pleine et de pierres vêtue. Ça brille de néant clinquant. Je ne trouve plus le jour de la nuit. Tout est possible et rien ne l'est. Je suis

ici par leur volonté. Je mange, je bois, je vis. Je chante parfois. Appelez-moi Légion.
— Légion.
Les fleuves ne l'ont pas laissée descendre où elle voulait.

Apamè

Vous entendez des claques. Un bruit régulier. Intrigué, vous marchez jusqu'à la pièce voisine. Celle-ci, presque aussi large que la précédente, rivalise en richesses tapageuses.

Dans votre périple carcéral, c'est la première fois que vous observez autant d'objets et de meubles. Tentures brodées d'or au mur du fond, tableaux jonchant le sol, un secrétaire en chêne massif, sofas, coussins colorés, literies, immense lit douillet, vous êtes impressionné par le faste du lieu dédié à cette captive. Le panneau annonce « Apamè ».

La femme est assise au secrétaire. Elle lit un ouvrage et tape le plat de sa main sur la surface du meuble. Tac. Apamè tourne une page. Tac. Tac. Une nouvelle page. Tac. Tac. Une autre. Tac. Tac.

Une tunique pourpre entoure sa taille et sa peau couleur d'ébène réverbère la lumière d'une lampe sur pied de type bibliothèque fonctionnant nécessairement à pile.

Une dame à vos côtés se risque :

— Qui êtes-vous ? Une reine, une noble ?

Apamè lève son regard de sa page, l'air de jauger ses nouveaux interlocuteurs, mais continue à frapper à un rythme régulier. Au bout d'un moment, elle répond d'une voix agréable et forte :

— Moi, une noble ? Il y a longtemps que je n'ai pas entendu ce mot. Cela n'a plus de sens ici.

Tac. Tac.

— Dans la solitude, il n'y a pas de hiérarchie qui tienne, uniquement des réflexes.

— Pourquoi possédez-vous toutes ces choses ? relance l'inconnue.

Tac. Tac.

— Mais parce que je les ai demandées. Comme vous êtes drôle, quelle question ! dit-elle avant de retourner à sa lecture, désintéressée.

Le claquement se poursuit, inlassablement.

Perdues aux confins de l'Histoire racontée et de la réalité, les femmes voient ou ne voient plus la frontière, malgré les murs partout dressés. C'est leur plus grande force.

Proches et lointaines, les Femmes d'Apocalypses demeurent.

Elles sont plus que la somme des parties.

Juda-la-Perfidie

Quelle mauvaiseté se cache dans cet antre ?
L'écriteau vous intrigue. Nul préposé alentour.
Vous approchez ainsi que deux autres personnes auxquelles vous ne portez pas la moindre attention. Chacun pour soi dans cette aventure.
La taille de la salle s'apparente aux premières cellules, soit à la norme dans cet établissement. Dépouillé du faste des deux dernières cages, ce lieu choque à nouveau par son dénuement. Le sol de pierres dallées semble humide mais immaculé, un unique matelas sur une base en bois s'y trouve. Une femme est allongée, un verre d'eau à moitié vide sur le plancher à portée de bras ; un pot de chambre à l'éclat métallique dans le coin droit de la pièce attire l'œil. Aucun effluve nauséabond. À travers votre masque, l'air fleure même la primevère, une note de citron. Pourtant, aucun bouquet à l'horizon. Intrigué, vous abaissez le masque.
Juda est grande, plus grande que ses congénères, des pieds larges et blancs pendent au bout de son lit. Sa robe beige, ample, ressemble davantage à une toge de magistrat qu'aux habits des autres femmes enfermées ici.
À votre arrivée, elle se lève dans toute son immensité et déclame :
— Bonjour, chers visiteurs.
Ses yeux, noirs comme sa chevelure ébouriffée, scrutent la minuscule assemblée.

La femme demande sur le ton de la menace :
— Que faites-vous ici ?
La réponse ne vient pas.
Vous observez les deux hommes à vos côtés, croisez leurs regards interloqués.
— J'apparais chaque jour, c'est mon petit miracle. Revenez demain, vous verrez, c'est fabuleux.
Elle suce et lèche alors son pouce de façon troublante, puis continue :
— Je m'accouple avec la pierre et le bois depuis que les arbres verts ont disparu.
Silence dans l'assistance.
— La vraie vie est ici. Je me crois naître, donc je suis. Je répète : que cherchez-vous ?
Votre chimère s'agite dans votre sac.

Maaka

Malgré le système de géolocalisation activé, cet endroit truffé de dédales tord l'esprit.

Vous jouez du coude et arrivez à vous frayer un chemin à travers les spectateurs pour observer la cage de Maaka, coté cinq étoiles dans l'application. Deux gardes de sécurité robustes assurent le bon déroulement de la visite.

Un être étrange apparaît. Maaka. Elle plante avec minutie des plumes sur son corps frêle. Nue, la peau de son abdomen, de ses bras, de son cou, de sa tête, de ses jambes, de ses côtes, s'avère trouée de petites plumettes ; sur ses deux épaules des ailerons plus longs pendouillent ou se dressent. Le sang coule des orifices percés, le liquide rouge descend en minces rigoles jusqu'à ses pieds, où des croûtes se sont formées. Voilà une sorte de poulet incongru.

La dame prend les plumes dans un sceau ou dans une pile par terre puis insère la partie pointue dans la chair, avec lenteur, sans sourciller. Seule une région dans son dos, inaccessible, semble épargnée. Maaka se greffe les restes d'oiseaux, se métamorphose sous vos yeux. Tous ses gestes ont l'élégance que le résultat refuse. Cette femme est un monstre.

L'odeur du sang pique le nez et vous reprenez le masque dans votre besace. Votre chimère demande des caresses au passage du bout de son museau.

— Est-ce douloureux ? interroge une voix fluette dans l'assemblée.

Sans lever son regard de la tige pointue qu'elle enfonce en profondeur dans son mollet, d'où on observe le sang gicler, elle explique :

— Non. C'est comme l'épilation à l'aide d'une pince, au début, ça peut être pénible, mais à force, la peau s'engourdit et vous ne sentez plus rien... Le corps est bien fait, non ?

Vous osez cette question :

— Pourquoi des ailes ?

— Pourquoi ne pas être ange ?

En effet.

Priscille

La suivante est tout aussi éprouvante.
« Priscille ».
Nul ne connaît son véritable visage, celui-ci n'est jamais révélé aux visiteurs. C'était une des femmes les plus intrigantes du programme, que vous ne vouliez surtout pas manquer. On vous avait prévenu qu'elle s'absentait des parcours pour des raisons de service à la nation dont vous ignoriez la nature. Vous comprenez assez vite.
Dans la cellule se trouve le double d'une femme dans l'assistance. Médusée, la dame d'une cinquantaine d'années scrute son parfait reflet, mouvant, derrière les barreaux. Non pas à l'unisson ; elles se parlent, se répondent.
— Comment faites-vous ?
— Je suis. Je fais. Tel est mon secret, affirme la doppelgänger de la même voix.
Une métamorphe. Vous avancez au plus près d'elle. Vous demandez :
— Priscille, comment y parvenez-vous ?
— Il suffit du toucher et de ma volonté. Aimeriez-vous que j'essaie, dit-elle en tendant sa main blanche.
Elle pourrait prendre votre visage, votre corps. Attiré, vous approchez votre main pour caresser la sienne. La captive la serre, avec douceur. C'est froid comme un puits sans fond.
Sa face se crispe et se tord, les traits deviennent flous, puis copient votre faciès. Fascinant. En quelques secondes

la métamorphose a eu lieu. Sa taille aussi a changé. Plus grande, la femme plonge son regard dans le vôtre, à votre hauteur. Seule sa toge beige, fort ample, ne s'adapte pas. Priscille, dorénavant votre sosie, lance :

— Je suis utilisée pour les événements officiels des seigneurs craignant pour leur vie.

Elle doit rapporter beaucoup d'argent à l'organisation. Serait-ce la seule habilitée à quitter cet établissement ?

Vous vous voyez vous voir.

— Est-ce douloureux ? demandez-vous. Que ressentez-vous ?

— Vous seul savez, fait-elle avant de toucher votre voisin, déjà désintéressée.

Saphira

— Je suis la prophétesse Saphira. Venez, venez! entendez-vous proclamer.

Sur le panneau est effectivement indiqué « Saphira ».

Trapue, de petite taille, la femme porte un chapeau haut de forme et essaie de rameuter la foule à sa cellule :

— Venez quérir la parole éternelle. Le Grand Temps se rapproche !

Quelques visiteurs se pressent autour de vous.

À coups de larges mouvements de bras, elle mouline l'air et narre son récit avec sa voix puissante :

— Oui, le Grand Temps. Nous vous voyons. Nous vous regardons nous voir. Le Grand Temps approche à pas de loup vers ses brebis.

Saphira vous examine d'un œil perdu, désigne le ciel de ses dix doigts, par-delà le barbelé recouvrant sa cage.

— Le Grand Temps. Là-haut et ici-bas. C'est Tout. C'est Rien. C'est l'avaleur des avachisseurs par les yeux bovins du destin.

Tout à coup, elle cesse ses gestes, baisse le ton.

— Il n'a pas besoin de vous tous, quoi que... Votre chimère tient les révélations à venir. Prenez-en soin. Gardez-la loin du Grand Temps, fait-elle en pointant une caméra de sécurité au-dessus de votre tête.

Servante

— Saphira dit bien des choses, annonce la dame dans la cellule suivante. Je préfère les sons de la flore.

Vous approchez.

Une femme cultive des plantes en pot, des fines herbes, des fleurs inconnues, aux formes carrément inquiétantes, aux tourbillons rouges insensés vers le ciel, vulvaires et farfelues, même des zébrées, à carapaces jaunes, grouillantes, à travers des pousses de tomates, de la rhubarbe, des chrysanthèmes, des marguerites.

Dans la petite pièce s'amoncèlent en rangée des contenants débordants, touffus de verdure et de couleurs. Aucun lit, seulement des pots et des cruches d'eau, des arrosoirs. L'air embaume d'odeurs mélangées, incongrues.

Penchée sur une mousse pleine de piques ou plutôt un champignon verdâtre hérissé de brins, vous ne sauriez dire, la Servante s'affaire à élaguer des tiges. Avec ses doigts effilés, sans gants. Un visage agréable — des yeux noirs en amandes, des traits réguliers, des dents blanches et des cheveux bruns coupés au carré, en bas des oreilles fines — se tourne vers la grille.

— Je suis la Servante, affirme-t-elle d'un hochement de tête. Je te reconnais. Je vous reconnais. Tous autant que vous êtes.

Puis, elle retourne à sa besogne.

Après une longue inspiration, elle poursuit :

— Votre plus grand talent est de regarder. Vous avez oublié comment faire pousser le vivant. Il n'y a pourtant que cela qui compte. Le vivant. Même les plus étranges végétaux cherchent la lumière. Et vous ? Au final, serez-vous des leurs ou des nôtres ?

Il faut cultiver notre jardin.

Vasti

Cet endroit a des relents de magie noire ; un parcours hallucinant dans une foire sans queue ni tête. De toute façon, que veniez-vous chercher ?

Les captives semblent livrées à leur sort. Malédiction éternelle. Des femmes sous contrôle, à cages verrouillées ou pas. Exploitées ou pas. Vendues ou pas. Libres ou pas. *Pas.* Vos pas vous entraînent vers la prochaine : « Vasti ».

Une rumeur inaudible se répand dans l'air. Ces femmes parlent une autre langue, avec leur sang, leur parfum, discutent avec les pierres, les plantes, les murs et certainement les morts. Quelle sorcellerie hante ces lieux ?

Voilà pourquoi vous avez payé si cher votre passage. Il suffit de se concentrer.

— Les Enfers sont bavards. Les flots de Verbouc clapotent à vos oreilles, dit la femme aux visiteurs attroupés. Vos regards parlent pour vous.

Couchée sur sa paillasse, une grande femme drapée de soie noire sirote une boisson dans une tasse. Ses cheveux châtains en broussaille encerclent son visage et cascadent aux pourtours du breuvage. Elle souffle dessus avec ses lèvres fines. C'est chaud.

— Nous savons, continue-t-elle. L'avant, l'après, toutes ces sortes de choses. Pour cela, ils nous concoctent des boissons d'hellébore, espérant atténuer notre présence.

— Vous buvez des tisanes ? demande un jeune homme à proximité.

— On souhaite nous museler avec des tisanes, en effet.

— Ça ne semble pas fonctionner, vous ajoutez.
— Non. Bien sûr que non.
Comment arrivent-elles à vivre dans autant d'humidité ? La cellule précédente regorgeait de plantes comme une serre, et c'est pourtant ici qu'on se croirait dans un sauna. Ça enfume presque. Cela brouille les esprits, sent quasiment le charlatanisme, obscurcit le décodage des lieux. Vous épongez votre front et retroussez vos manches pendant que Vasti lance :

— Le savoir n'est pas chose à prendre à la légère. Parfois la lionne doit enfiler la peau du mouton pour survivre.

UNE FEMME QUI DORT

D'où provient l'immortalité de ces femmes ? songez-vous en examinant la cellule de la dormeuse.
Mais il faut faire avec le visible. Le *ici*. Le *là*, ce qu'elles révèlent, ce que l'application ou les divers préposés divulguent, par bribes. Il faut agripper ce qu'il y a. Ce qui a été payé. La visite, la vie.
Voilà un être affalé sur un futon, oui, ça ressemble à un futon, avec ces armatures en bois et en métal, escamotables, transformables. La femme dort d'un sommeil qui ne ressemble à rien, couchée par-dessus les couvertures, des amas de tissus enroulés autour des jambes, les membres trop écartés, presque obscène dans toute son étendue. Elle prend sa place, sa pièce, la peau emplit votre vision, puis votre espace, aspire à elle tout l'air respirable. Comment peut-on faire sienne une telle position ? Comme si le corps n'était plus que jeu. Il existe un avalement de chaque instant dans ce relâchement. Un appel. Comme si la limite entre le monde du sommeil et le monde réel s'estompait. Un éclair de possible. Une attraction sourde.

— Respire-t-elle ? demandez-vous au commis de la cage.

— Bien sûr, répond-il, visiblement surpris.

Leurs vies contenues entre barreaux et murs aux pierres immuables, entrecoupées de lieux non navigables, où viennent s'insérer et s'exhiber les foules anonymes de visiteurs, pour leur octroyer une continuité, un flot, leur rappeler qu'elles incarnent toutes un maillon dans cette chaîne continuelle vers la sortie.

Et leur sortie, à elles ?

L'absence de fin est-elle non-existence ? Ces femmes, pourtant, dorment, chantent, mangent, crient, saignent.

Le vivant, poussé à l'immortalité, privé de sa conclusion, devient-il jeu ?

AGAR

— Celle-ci, on la prénomme également l'Accoucheuse, affirme la préposée en sarrau à l'intérieur de la cellule.

De puissants cris de douleurs fusent. Une femme accroupie, nue, s'affaire. Elle est train de mettre bas, ses jambes se cambrent, se tordent presque à chaque poussée arrachée au vide pour faire advenir quelque chose, on ne saurait dire quoi. Vous ne voyez pas bien, malgré le peu de gens amoncelé pour voir le spectacle. Des fluides étranges jonchent le sol carrelé. Du rouge et du noir visqueux.

Une dame à vos côtés l'encourage d'une voix forte pour enterrer les plaintes :

— Allez, on voit déjà quelque chose ! Allez !

Vous vous déplacez pour avoir une autre perspective sur la scène.

Agar, tout à sa besogne, fixe de ses larges yeux troublés par l'effort une icône posée devant elle, une sorte de photographie dans un petit cadre en bois déposé là, à terre. Est-ce une pieuvre qu'elle observe ainsi ? Des tentacules. Oui. Non, l'image d'un bateau qu'une créature marine géante engloutirait dans les fonds de l'océan.

Tout semble sombre et gluant. Autour de l'être à venir, le corps brun et ruisselant de cette femme n'est que muscles tendus et gémissements. Un torrent de hurlements issu des bas-fonds de l'humanité. On dirait que vous sombrez avec elle dans ce pénible tourbillon gestatif, avalé par ses pleurs et jurons d'une langue incompréhensible.

— Pourquoi regarde-t-elle ce dessin ? osez-vous, après un instant.

— Agar accouche chaque jour. Cela fait partie des expérimentations du Comité. On lui demande d'observer diverses images, jolies ou hideuses. Cela influence la créature à naître. Vous arrivez au bon moment.

Dans un ultime gueulement, un floc résonne, suivi du silence de la femme. Les visiteurs s'excitent et se rapprochent d'un même élan vif. Malgré votre promptitude, vous n'avez pas eu le temps d'entrapercevoir la chose grouillante que la commis a enveloppée en deux coups de cuillère à pot dans un linge blanc. La captive s'affale avec mollesse sur les pierres froides.

— Poussez-vous, ordonne l'employée, alors qu'elle débarre la porte pour sortir avec son colis.

Ça s'agite, sans un son, loin de vos regards, destiné aux analyses.

De petits êtres incongrus, sacrifiés d'avance.

Un Comité ? Quel Comité ?

Athalie

— Vous faites partie du Comité ? demande une dame plus rapide que vous.

Dans l'antre d'Athalie se trouvent deux hommes en uniforme d'un blanc immaculé. Gantés, masqués. Ceux-ci se taisent. Athalie, une rousse à la peau pâle parsemée de taches pigmentaires, se tient flambant nue sur une chaise de bois, un employé de chaque côté. Les bras et les pieds de la femme sont attachés au meuble. Elle a beau se démener, ses entraves en métal semblent bien solides.

— Conspiration ! Conspiration !

Un premier insère une aiguille dans la chair et aspire le sang vermillon vers un sac de transport. La femme geint. L'autre injecte un liquide jaunâtre dans le cou fragile.

Vous recevez une notification sur votre appareil. Votre voisin active la voix de Marie :

— Le Comité procède à l'implantation de nanopuces dans le système sanguin, merci de votre intérêt pour Athalie.

Elle subit des traitements ? Lesquels ?

— Qu'est-ce que vous lui faites ? questionne un visiteur d'une voix flûtée.

Aucune réponse. Ils poursuivent les expérimentations, les analyses.

— Conspiration ! reprend Athalie avant de se faire enfoncer un tube dans le nez pour qu'il descende vers l'estomac, du moins, croyez-vous.

L'homme de gauche maintient la tête alors que celui de droite pousse un sirop gélatineux dans le conduit avec une immense seringue. Une matière rose gluante et grouillante.

Le sang, substance de la vie et moteur des femmes, continue à être recueilli dans un récipient, s'écoule avec lenteur d'Athalie, qui n'est plus en mesure de rouspéter. Vous décidez de quitter avant qu'ils lui passent par-dessus la tête une sorte de carcan cervical en aluminium parcouru de piques.

Le corps, petite apocalypse.

Elizabeth

Avec cette multiplication des cellules, vous avez cette impression de brouillon, d'éparpillement, comme lorsque votre navigateur a plus d'une douzaine d'onglets ouverts en même temps en mode multitâche.

— Ce n'est qu'une ingrate. Ils nous améliorent et elle parle de conspiration, entendez-vous.

Le panneau indique « Elizabeth ». Elle est grande et imposante, de larges épaules un peu courbées vers l'avant sur lesquelles des cheveux bruns glissent en cascades jusqu'à sa taille. La femme se trouve assise sur un banc de bois, quelques livres à ses côtés, une gourde pleine d'eau à portée de main. Près d'elle un petit lit, un pot de chambre.

— Oui, avant je n'arrivais pas à dormir, maintenant, je le peux. Et ça, c'est grâce à eux. Des implants neuronaux. Il ne faut pas tout rejeter en bloc. Qu'est-ce que deux ou trois piqures à côté d'un sommeil profond ?

Elle soupire.

— Regardez ça, dit-elle en se levant.

Elizabeth vous tourne le dos, où une queue de chat apparaît à travers sa toge grise.

— Mes problèmes d'équilibre sont complètement réglés.

Rempaillage, rapaillage de corps, raboutage dans l'immortalité étudiée par les chercheurs du Comité. On raconte que l'humanité s'émancipe à travers les savoirs.

Femmes d'Apocalypses

Le monstrueux est du merveilleux à rebours, mais c'est du merveilleux malgré tout.

L'intimité de ces femmes n'a d'égal que leurs limites : aucune.

CELLULE VIDE

Dans cette cage exempte de toute présence et d'accessoires, Marie démarre une narration étrange.

— La filiation demeure un problème depuis toujours, dit-elle.

Aucune notification. Seulement sa voix, douce, un peu molle même, qui résonne dans le vide, se volatilise dans l'air chargé d'humidité, traverse le grillage bien haut, au-dessus de votre tête.

Comment qualifier l'arrivée de Marie? Un surgissement. Des murs. De l'appareil.

Une IA parmi tant d'autres. Des fantômes programmés. Du virtuel. De l'invisible.

Elle poursuit :

— Le fleuve mémoriel de notre engeance. Détraqué. Détourné. On surnage en eaux inconnues depuis si longtemps. Ces maigres barreaux n'y changent rien. L'eau se fraie toujours un chemin. Du sol jusqu'au ciel. Et vice versa.

Où veut-elle en venir? Vous fixez votre téléphone.

— Qu'ils continuent leurs études sur nous, femmes immondes car incompréhensibles. L'humain repousse l'insupportable en s'en approchant. Nous échappons au vivant, avec notre immortalité : ils s'arrogent ainsi tous les droits. Pourtant, nous respirons, nous dormons, nous buvons. Le vivant est à réinventer.

Ce n'est certainement pas prévu dans la visite.

— Les chimères incarnent les virus nécessaires dans le programme de la réalité. Elles ont un rôle à jouer dans le récit hachuré de la vie.

Ça s'agite dans la besace.

Houlda

Houlda ne mange que des trucs pourris en buvant des litres de thé brûlant. Assise face aux visiteurs, attablée comme cela, on la dirait presque normale.

Si ce n'était les soubresauts vomitifs qui l'assaillent à intervalle régulier. Son air serein détonne. Elle porte les aliments à sa bouche comme si cela allait de soi, comme si elle se trouvait devant le plus exquis des banquets.

Sur le meuble trônent des bananes noires, une carafe fumante, une large tasse en céramique jaunie par endroits, des masses de nourritures informes et malodorantes. Ça pique le nez. La femme mange avec ses mains, presque avec parcimonie, puis essuie ses lèvres avec une serviette, avant de régurgiter dans une canisse par terre, à portée de bras.

Stoïque, le préposé confirme que la chaise est percée. Il enchaîne ensuite :

— Houlda est aveugle. Elle ne peut vous voir.

Le monde comme image étant impossible, elle a choisi de se donner une constance, une consistance par le corps, de l'habiter malgré les murs. Dans la chiasse, la vomissure, les crampes et la douleur. Ressentir.

Après quelques gorgées chaudes pour faire passer, Houlda prend la parole et crache :

— *Vivere. Monstrum. Monstrare. Maturare...* Les yeux ne verront rien du malheur que je vais amener sur ce lieu lorsque je sortirai.

L'employé de lui rétorquer :
— Voilà pourquoi tu resteras toujours ici.
La vie est longue et dépeuplée malgré la foule.

HÉRODIADE

— Oui, j'aime bien Salomé, malgré le fait que nous ne puissions nous voir.

Vous vous trouvez à la cage d'Hérodiade, une femme sublime. Vêtue de riches habits de velours vert, elle converse avec les spectateurs. Un jeunot, dans la vingtaine, imberbe, semble suspendu à sa voix, qu'elle a jolie d'ailleurs.

— Pourquoi voulez-vous des têtes, vous aussi ?

— Fort simple : pour décoder le réel.

À l'air interloqué des convives rassemblées, elle explique :

— Plus la créature dont la tête utilisée échappe au réel, plus juste en devient la lecture du monde.

Il vaut mieux continuer votre chemin. Ça pue encore.

JEPHTÉE

— Approchez ! Approchez ! entendez-vous lorsque vous prenez le prochain corridor.

Une employée replète juchée sur un tabouret bat des bras comme une poule agiterait ses ailes pour s'envoler, en vain.

— La prestation de quinze heures va bientôt commencer. Approchez-vous !

Beaucoup de visiteurs sont agglutinés à cette station. Se frayer un chemin n'est pas aisé mais vous arrivez quand même à obtenir une place intéressante.

La cellule, vaste, contient une foule d'instruments connus et moins connus. Un sarcophage égyptien truffé de piques à l'intérieur, un autre de type gaine en métal pour envelopper tout le corps avec une ouverture pour la bouche, une chaise de bois avec attelles de cuir, un gros mécanisme à poulie, un lit avec des cordes, une table jonchée de pinces, de tire-bouchons, de cordages, de scies, d'écarteurs, de linges, de bocaux remplis de liquides, de sacs de jute, de fouets, de manivelles et de couteaux. Derrière tout cela, une femme attend, debout, bien droite. Jephtée. Son regard absent fixe un point au-dessus de la foule.

— C'est madame Gendron qui nous fera l'honneur, cette fois-ci. Comment allez-vous, madame Gendron ? fait l'employée descendue sur le plancher des vaches pour rejoindre la visiteuse, visiblement émue.

— Merci, je suis très heureuse d'avoir été sélectionnée au tirage. J'en ai toujours rêvé ! C'est ma troisième visite, dit-elle, surexcitée.

— Oui, bien sûr, c'est une option seulement à l'achat de votre deuxième tour, les amis. Prenez-en bonne note ! continue l'animatrice avant de déverrouiller la cage.

Elle y pénètre avec la gagnante puis referme à clé, enfouissant la chose dans la poche de son pantalon.

— Alors, Jephtée, prête ?

À la prononciation de son nom, la femme sort de son égarement et avance vers les deux intruses nouvellement arrivées dans sa cellule.

— Madame Gendron, avez-vous pensé à la méthode ?

— Oui, je vais utiliser un sac.

— Oh l'asphyxie ! Un classique !

Jephtée s'assoit sur une chaise où l'employée tout sourire attache les courroies pour l'immobiliser. La prisonnière n'offre aucune résistance. Pendant ce temps, la visiteuse agrippe un sac de jute sur la table et les rejoint, puis, sans hésiter empoigne la tête de Jephtée, lui enfile le sac qu'elle tire par-derrière. Les mains de la victime tressaillent et la tête s'agite, mais la poigne du bourreau est forte. Madame Gendron sue à grosses gouttes, ses cheveux bruns courts collent à ses tempes pendant qu'elle pousse des petits cris sous l'effort. Jephtée cherche son air, n'est plus que bouche ouverte dans laquelle s'incruste le tissu râpeux. Après de multiples soubresauts, le corps de la femme s'immobilise, se relâche, indiquant à madame Gendron qui continue à tirer qu'il serait temps de lâcher sa proie.

— Bravo, madame Gendron !

Applaudissements.

Avishag

La foule amassée s'esclaffe.

Avishag court en tous sens dans sa cellule, le visage tordu en une mine grotesque.

De la poudre blanche a été appliquée de son front jusqu'à son cou aux abords de sa tunique beige trop ample pour elle. Un large sourire rouge tracé déborde de ses lèvres jusqu'aux oreilles. Une musique fantasque de flûte et de tambours résonne. Rythmée. Entraînante. Vous avez beau chercher, vous ne parvenez pas à déterminer d'où provient ce son. De votre tête ?

Elle s'enfarge dans une chaise en bois, se relève, regarde la foule et la salue avec de grands gestes, puis se précipite vers un autre meuble, un tabouret, qu'elle renverse dans sa course en s'affalant au sol. Dans une pirouette, elle se remet sur pied. Les visiteurs rient de plus belle.

La femme glisse ses pieds nus sur le sol comme si c'était de la glace, grimace, perd l'équilibre et tombe sur son fessier. Son faciès se crispe de douleur. Feinte ? Et rampe ensuite vers vous sur les coudes, ensanglantés.

Lydie

Deux employés du Comité se trouvent dans la cage de Lydie.

Vous soufflez enfin, loin du tintamarre d'Avishag.

Cette femme, étendue sur sa maigre couche, est flanquée de chaque côté d'un homme en uniforme. Ils portent des gants, un casque avec visière. L'un insère ce que vous croyez être un écouvillon dans son nez alors que l'autre lui fait une prise de sang. Lydie ne bouge pas d'un poil. Les yeux fermés, elle ne tressaille même pas. Vous voyez sa poitrine se soulever avec sa respiration, calme, presque sereine.

La préposée explique :

— Lydie ne ressent pas la douleur. Les chercheurs souhaitent répliquer cette capacité en laboratoire pour en faire profiter la science. Veuillez circuler.

On pourrait presque croire que Lydie dort, mais elle répond d'une voix faible, étouffée :

— Nous sommes consentantes. Respirer, c'est déjà être consentant. Le progrès. Aucune conspiration ne tient ici. Les mots sont vidés de leur sens. Ne reste qu'à circuler, comme l'air.

Béhémoth

— En période de rut, la chair de Béhémoth s'avère plus tendre, plus juteuse aussi. Vous arrivez pour la bonne saison, monsieur.

Le kiosque devant la grande cellule propose des morceaux de la délicieuse viande, semble-t-il. À un prix exorbitant la bouchée. Quatre badauds et une femme encerclent le stand qui offre une variété de cuisson et de pièces de choix.

La pancarte indique effectivement « Béhémoth ».

Derrière les barreaux se trouve un être immense mi-femme mi-créature. La masse adipeuse, aux cornes énormes, aux mamelles pendantes, à la gueule de fauve, aux yeux jaunes implorants, à la bave dégoulinante jusqu'aux tétons et aux quatre jambes enferrées au niveau des jarrets, rechigne à peine pendant qu'un employé tranche son flanc avec un couteau bien aiguisé. Un sceau recueille le sang qui clapote en tombant comme la pluie. Une odeur âcre, forte et ferreuse parcourt l'air environnant. Ils servent aussi du boudin, remarquez-vous. La plaque de cuisson est vide.

Un second employé arrose à grand boyau d'incendie la plaie. Est-ce de l'eau ? La blessure se referme sous votre regard.

— Un sashimi, je vous prie, annonce une dame à votre droite, allongeant son appareil pour effectuer le paiement auprès du chef.

Votre estomac se noue.

Fille de Loth

— Mon père était un animal, affirme la créature devant vous.

Vous avancez pour écouter son récit.

Le corps mi-poilu, mi-lisse, oreilles pointues, museau proéminent, bouche pulpeuse, deux pattes, deux jambes, elle est lovée en boule sur un trône de fer géant. Ses yeux verts brillent d'une lumière inconnue.

— Ma mère croyait que de s'accoupler avec un chien rendrait la malédiction du clan caduque, qu'elle donnerait naissance à une espèce nouvelle qui n'aurait rien à voir avec les êtres ayant croisé votre chemin jusqu'ici. N'ayant pu s'échapper elle-même, elle désirait que son engeance puisse connaître la liberté. Elle a bien sûr échoué.

Son regard parcourt l'assemblée, puis fixe le sol et ses pierres luisantes d'aquosité.

Le silence règne.

Elle laisse filtrer un soupir entre ses lèvres.

La fille de Loth poursuit:

— Ma transformation est incomplète. Je demeure inachevée, dans un entre-deux perpétuel. Immortelle et chienne, il me faut rester.

JOSÉE

Plusieurs souris entourent Josée. Celle-ci leur caresse la tête et prodigue des sourires aux rongeurs amassés à ses pieds nus.

La cage comprend un sofa de paille, une table basse et un matelas posé directement sur le sol. Près du lit, Josée, courbée, s'occupe de ses colocataires. Vous remarquez des miettes de pain sur la table, à côté d'une gamelle de lait.

La femme s'adresse aux visiteurs :

— Depuis que les dérèglements climatiques sont pris en charge par le ministère de la Terre, on demande à Ève une foule de bêtes pour essayer de repeupler. Les animaux se font encore très rares et Ève ne suffit pas à la tâche. Je lui ai demandé des rats et des souris. Dans la vie, chaque chose en son temps.

Josée approche du grillage, fait traverser son bras de votre côté et appose sa main sur le dos d'un chat endormi, dans le panier de transport d'un visiteur :

— Un chat. Vous avez bien fait. Seuls les plus fortunés peuvent se les offrir maintenant. Il semblerait que des éleveurs clandestins traficotent dans l'ombre, mais rien ne vaut les créatures félines d'Ève.

— Pourquoi êtes-vous ici ? demande le propriétaire du joli matou d'une voix grave.

— Pour la même raison que vous, répond-elle. Observer la faune, bien sûr. Vous savez que vous êtes fascinants, tous autant que vous êtes ?

NOÉE

La distributrice offre un choix varié à un prix modique. Pas besoin de se ruiner pour manger. La machine, tout au bout du couloir, se trouve entourée de divans. C'est une aire de repos. Ça fleure le café et le thé au miel.

Vous arrêtez votre choix sur un café noir corsé. Le temps que la boisson infuse, vous examinez les pâtisseries derrière la vitre, hésitant entre un beignet glacé à la farine de libellule ou une plaquette de chocolat.

Aïe ! Une piqure sur l'avant-bras droit vous fait sursauter. Un gros maringouin. Vous lui assenez une claque avec votre main gauche. L'insecte tombe au sol, laissant un léger filet de sang sur votre peau. Qui enfle subito presto.

Il faut se rendre à la pharmacie, ça peut être grave. Il faut passer un test. La démangeaison commence lorsque vous sortez votre appareil de votre sac. Surtout, ne pas se gratter.

— Où est la pharmacie ? demandez-vous à Marie.

— Hall 6. Porte 4. Suivez ce tracé.

Votre chimère s'agite.

Les papiers signés sont entre leurs mains. Vous comprenez pourquoi il fallait ratifier la décharge : si vous développez une maladie sur place, ou si vous décédez, ils ne seront pas tenus responsables.

Votre peau gonfle de plus en plus à l'endroit où le moustique a aspiré le sang. Si votre respiration se fait plus courte et saccadée et que votre pression artérielle augmente, c'est uniquement la faute du stress, car la toxine ne rétrécit pas votre larynx.

Dans votre précipitation, la chimère, ballottée, lance de minuscules cris apeurés. Vous bousculez des visiteurs, mécontents.

Parvenu à la porte de la pharmacie, vous observez votre animal, la tête sortie du sac. Sa langue rose et mouillée lèche votre plaie. Sa salive apaise le feu vivant de votre bras et, peu à peu, vous remarquez que la bosse désenfle. La main droite prête à ouvrir la porte, vous n'avez pas la berlue.

Cette chimère a soigné votre blessure.

Il faudra bien lui donner un nom, n'est-ce pas ?

La Veuve

Que faire ?
En cas de doute, il faut consulter quand même, indique l'application. Vous entrez.
Aucune file d'attente. Tout est blanc : les murs, les meubles, même l'habit de la femme et ses cheveux sont immaculés.
La pharmacienne derrière le comptoir vous sourit, aimable :
— Que puis-je pour vous ?
— Une bestiole m'a piqué à cet endroit, articulez-vous avec peine en pointant du doigt votre avant-bras, où aucune plaie n'apparait.
— Asseyez-vous, je vais regarder, fait-elle prestement en vous indiquant un siège en plastique.
Elle enfile des gants et tâte votre membre, installe le bracelet pour examiner votre pouls et vos signes vitaux.
— Donnez-moi votre appareil.
Vous vous exécutez. La femme le scanne sur sa tablette. Votre chimère fait mine de dormir, lovée au fin fond de votre besace.
— Très bien.
La sueur perle à votre front et votre dos.
— Tout semble normal. Aucun signe de toxémie. Quelle chance ! Un miraculé, dites donc !
Soulagé, vous soupirez.
La dame poursuit :
— Ma famille n'a pas eu le même destin.

— Toutes mes sympathies, répondez-vous, étonné par cette confidence.

— Cela fait presque dix ans que je suis veuve et que j'ai perdu mes enfants, mais je ne m'y habitue pas. Je ne crois pas qu'on puisse s'y habituer. Si l'implant neuronal m'aide à accomplir mes journées, il n'atténue pas tous mes symptômes. Il m'arrive encore de pleurer...

Ses yeux s'embrument.

— Saleté de fléaux, hein ! Mais bon, félicitations. Vous faites partie de la survivance. Vous pouvez y aller.

Saba

À côté de la pharmacie se trouve Saba, une femme vêtue de soieries. Sa cellule, parée de tapisseries, transpire le confort et fleure l'encens. La femme arborant une tiare scintillante examine une boule de cristal. Nulle âme qui vive aux alentours. Aucun attroupement ne vient perturber sa quiétude.

— Venez, venez, somme-t-elle.

Vos pas vous mènent au plus près des barreaux.

— La pharmacie est une épreuve difficile. Diriez-vous que seul le présent existe ?

Vous ne savez que répondre ; il est vrai que le présent surplombe toutes choses en ce monde.

— Vous retournerez à vos occupations une fois cette visite terminée, n'est-ce pas ?

Assurément... Quelle drôle de femme !

— Rien ne changera donc ? Ça ne dépend que de vous, insiste-t-elle, le regard moqueur fixé sur votre personne.

Vous froncez les sourcils d'incompréhension.

— Quels sont vos buts, vos aspirations ? Voilà le secret... Je vais vous le dire. Il faut nommer.

Votre chimère lance un cri strident.

Apeuré, vous poursuivez votre chemin.

L'autre Marie

Vous songez encore au nom à donner à cette chimère quand vous arrivez à l'antre de « L'autre Marie ».

Malgré la masse formée devant le grillage, vous vous faufilez pour avoir une bonne vue sur le spectacle.

— Je suis l'Autre, clame-t-elle du haut d'un tabouret.

Elle ouvre ses bras en croix :

— Voici l'infini, dit-elle, la tête inclinée vers le ciel, sa longue tignasse rousse pendant sur sa toge beige.

Puis, elle pointe du doigt le mur de pierre à sa gauche.

— Saviez-vous que l'on peut ajouter le nombre de 0 qu'on veut après le 1 ? reprend-elle, descendant du petit monticule sur lequel elle se tenait.

Un gros 1 orne la muraille de roche, suivi d'une foule de 0, gravés partout, en désordre. Même le sol est jonché de 0, plus ou moins larges et profonds.

— On peut en ajouter autant qu'on souhaite. C'est sidérant !

N'y aurait-il aucune limite ?

— Et lorsque la cellule est pleine ? demande judicieusement un visiteur à vos côtés.

En effet, la surface de la cellule circonscrit le champ d'action.

La femme soulève sa tunique pour dévoiler ses jambes, y révélant des cercles sanguinolents.

— Il y a toujours de la place, aboie-t-elle.

— Vous pourriez rajouter des 1 à travers les 0 ! suggère avec vigueur une dame.

— Mais oui ! acquiesce un voisin enthousiaste.

L'autre Marie l'ignore et empoigne un outil, un pic à glace, semble-t-il, puis s'agenouille.

— On peut creuser les 0 déjà tracés, non ? conclut-elle avant de s'atteler à la tâche.

Le geste est potentiellement infini.

Seul l'espace borde la vision.

La Mère

L'infini revêt une quantité innombrable de formes.
Votre chimère ronfle.
Devant la nouvelle attraction se trouve accroché le panneau suivant : « La Mère (aux sept fils absents) ».
Des plumes blanches jonchent le sol et virevoltent. Ça piaule et caquette. Des poulets déplumés parcourent la cage de gauche à droite et de droite à gauche, s'épivardant en vain, des barreaux bien serrés les empêchant de quitter l'endroit.
Vous éternuez.
— Je ne suis pas une mère poule, moi, affirme la femme.
La Mère arrache une à une les plumes d'une bête déjà presque totalement nue, sanguinolente. Celle-ci se tortille et pousse des cris à fendre l'âme mais une poigne de fer ne lui permet pas de se dépêtrer.
La femme ricane sournoisement tandis qu'elle présente le volatile de basse-cour à l'assemblée :
— Voici l'homme de Platon ! Ha !

Miracle

Ce hall mène au Comité. L'immense pièce, un bunker bétonné et verrouillé, nécessite un passe électronique suivi d'un code d'accès. Impossible d'y pénétrer. Aucune fenêtre ne donne une vue sur les activités s'y déroulant.
Une notification surgit sur votre appareil. La douce voix de Marie retentit.
— Issus des milieux anthropologique, théologique, zoologique, paléontologique, historique, juridique, médical, éthique et biogénétique, les membres éminents du Comité, sélectionnés par le gouvernement, ont pour mission de créer le meilleur des mondes de demain. Pour plus d'information, cliquez ici.
Vous rangez l'engin au fond du sac, caressez votre animal au passage, qui ronronne.
Le chaînon manquant entre le singe et l'homme, c'est nous.
Votre chimère se nommera Miracle, c'est décidé.

Modes

Tout en flattant votre chimère, vous activez par mégarde la fonction réalité augmentée sur votre appareil. Des hologrammes apparaissent. Présences fantomatiques sorties des murs avoisinants, des molosses aux gueules ouvertes et crocs acérés se dirigent vers vous...

Marie reprend :

— Mode *survival*-animal activé.

Ce n'était pas une option envisagée lors de l'achat de votre billet. Vous n'avez aucune envie de vous prêter à ce jeu ! Vous n'avez même pas sélectionné d'armes à cet effet lors de votre inscription à l'entrée du bâtiment. Sûrement une erreur dans le programme, vous n'avez pas payé le supplément pour cette activité, Seigneur !

Les bêtes se rapprochent sans bruit, sans grognement. Avec précipitation, votre main farfouille et agrippe l'appareil pour désactiver la fonctionnalité. Tremblotant, vous cliquez au bon endroit et les apparitions se volatilisent.

Marie continue :

— Désirez-vous le mode Pokémon ou le mode *survival*-humains ? Veuillez énoncer votre préférence.

— Désactivez cette fonction, demandez-vous d'une voix forte, la sueur coulant dans votre dos.

— Fonction désactivée, merci.

Vous soupirez de soulagement.

Le tour spécial *survival* ne vous attire pas le moins du monde. Tuer des monstres ou des militaires, vous pouvez le faire dans le confort de votre salon en jouant à des jeux vidéo. Trop cher ici. Et l'anxiété des lieux vous gagne. C'était beaucoup trop réel. Votre cœur bat à tout rompre. Pour vous calmer, il vous faut caresser Miracle.

Le monde semble s'abolir.

Dans la violence.

Dans le néant.

Dans le trop-plein.

Le pareil au même.

Vous êtes cynique, c'est dangereux. Il faut se raccrocher à votre chimère.

Femme infirme

Vous pressentez que votre parcours touchera à sa fin bientôt. La prochaine cellule indique sur son panneau défraichi « Femme infirme ».

Derrière les barreaux, une femme dans un fauteuil roulant, endormie. Des cheveux blonds hérissés, une bouche mince, la peau pâlie par le manque de soleil, elle apparait toutefois paisible dans son sommeil. Vous remarquez qu'à la place des pieds se trouvent des moignons. Lui aurait-on coupé les jambes trop souvent, au point où elles ne repoussent plus ? N'osant la réveiller, vous approchez tout de même du grillage pour l'observer. Elle a de jolis traits, pas plus de la trentaine, diriez-vous.

Pourquoi Femme infirme ? Pourquoi ne pas lui avoir donné un nom ?

Qu'est-ce que l'humain ?

Ces femmes sont prisonnières, captives dans un zoo humain d'immortelles. Bien qu'elles s'incarnent chacune dans une enveloppe charnelle qui leur est propre, elles n'existent pas dans la ligne du temps des hommes.

En échappant à la mort, elles n'appartiennent pas au vivant : elles sont ainsi sans droits aucuns aux yeux du Comité, dont les membres peuvent expérimenter à leur guise...

Leur engeance est-elle immortelle aussi ? Le non-vivant peut-il engendrer du vivant ?

Vous vous perdez en conjectures. Vos pensées sont fuyantes, comme les incarnations de ces femmes.

Comment posséder la vérité dans une âme et un corps ? À quoi se raccrocher maintenant ?

LÉVIATHAN

La pièce est gigantesque. Une tête y trône et remplit tout l'espace.

Seulement la tête, tranchée. Des vers grouillent à sa base et des insectes que vous ne reconnaissez pas.

Marie démarre :

— Mi-serpent mi-crocodile affirment les chercheurs du Comité, le Léviathan fut conquis il y a de cela plusieurs siècles avant notre ère. Ici exposé en partie, il se veut un rappel constant de l'immortalité enfin terrassée par l'homme, nous apportant l'espoir et les avancées scientifiques d'une espèce humaine perfectible.

Elle se tait.

La peau de la bête, dont chaque écaille pourrait recouvrir un être humain entier, semble impénétrable, comme son regard, deux pupilles terrifiantes, figées dans l'éternité d'un chaos dompté, évanoui. Ses crocs, immenses, pointus et jaunis, tirent sur le brun.

Quelles eaux pouvaient contenir une telle engeance ? La chose est-elle seulement possible ?

Un tonnerre traverse votre esprit.

Votre long fleuve tranquille refuse l'impassibilité : vous avez besoin de réponses. Une chose se brise en votre Être, comme un bateau frappant l'iceberg, inévitable, immense, sublime.

L'énormité de cette tête balaye toutes vos convictions.

Miracle pousse des cris aigus à réveiller les morts.

Khimaira

Agrippant votre chimère à deux mains, vous l'extirpez du sac. Pas plus grande qu'un ordinateur portable. Ses griffes et sa gueule en imposent tandis qu'elle continue à rugir.

Surgit alors en vous cette idée folle. Miracle se tait.

Vous vous dirigez vers le premier garde à proximité, au bout du couloir. Seul. Vous approchez par-derrière. Il n'a pas le temps de réagir que vous déposez Miracle sur son cou. Elle croque et ne fait qu'une bouchée de la nuque du pauvre homme, ce dernier n'ayant même pas eu le réflexe de hurler. Son corps s'écroule au sol en spasmes pendant que la bête avale la chair et se pourlèche le museau, maintenant orné de poil sanguinolent.

Des réponses, songez-vous, l'esprit en feu. Vous prenez l'appareil téléphonique dans votre besace et le fracassez sur le mur de pierre. L'objet tombe en morceaux à vos pieds ; vous le piétinez, juste pour être certain. Votre paume, blessée par les éclats, se trouve vite léchée par Miracle, en deux lampées.

— Le prochain, il nous le faut vivant, lui ordonnez-vous.

Elle vous observe sans broncher.

— Nous avons peu de temps. Il faut se dépêcher.

Ne sachant pas si elle vous comprend, la chimère toujours sous le bras, vous commencez à avancer tel un loup dans un corridor plus sombre à votre droite, à la recherche d'un employé à questionner.

IA

— Donnez-moi votre appareil, commandez-vous, les crocs de Miracle menaçant la gorge de l'individu.
Les sourcils froncés, il s'exécute et vous tend la chose.
— Jetez-le par terre, que vous exigez.
Vous démolissez l'objet avec vos souliers sans trop d'effort en gardant un œil sur votre captif médusé.
— Maintenant, vous allez me dire : quel est le secret de cet endroit ? demandez-vous, haletant. Pourquoi ces femmes ne s'enfuient-elles pas ? Que savez-vous ? Allez ! Dépêchez-vous !
L'employé tremble, observe les alentours à la volée.
— Allez ! Que savez-vous ?
Il lève les mains en signe de reddition.
— Suivez-moi, dit-il, en reculant. Je vais vous montrer.
— Comment vous faire confiance ?
— Je n'ai que ma vie. Je ne veux pas la perdre. Venez avec moi.
— Au moindre geste suspect, elle vous déchire, dites-vous en pointant du nez votre chimère près de son cou, gueule toujours ouverte.
Ça peut fonctionner, songez-vous.
L'employé vous entraîne dans le dédale des ruines inexplorées par votre parcours jusqu'à présent. Des marches interminables vous mènent dans un sous-sol. Vous remarquez les caméras de surveillance mais rien à foutre. L'envie de connaître dépasse tout entendement.

Vous cherchez la Lumière du savoir. Vous espérez seulement avoir le temps.

Vous vous retrouvez tous les trois devant une porte bétonnée. L'homme tape un code sur la plaque tactile. Après un cliquetis, le mécanisme s'ouvre.

— Une seule femme n'a pas survécu au musée, mentionne-t-il d'une voix grave, nous l'avons transformée en IA. Marie. On l'appelle la Source.

Vous pénétrez dans la pièce.

Une masse humaine, nue, informe, se dresse, les membres en croix. Restreinte par des chaînes et des limons de fils électriques grouillants, pulsants, plantés dans la peau, parcourant ses chairs, la créature semble inconsciente.

Vivante et absente.

— Pourquoi ? lancez-vous telle une plainte.

— On la cache pour l'instant, car comme pour toute innovation, la population doit être prête. La transhumanité servira en premier aux militaires du pays. C'est déjà en cours. Il y a aussi le problème de surpopulation. Si les découvertes sortent d'ici et que tout le monde en profite, ça sera le chaos. Il faut faire les choses dans l'ordre. Le Comité est là pour ça… Imaginez ! Injecter l'immortalité aux humains, cela signifie tellement de choses…

BÊTE

Raffut en provenance des escaliers. Aucune autre porte. Nulle échappatoire possible. Vous êtes acculé au pied du mur.

Des soldats se précipitent dans l'antre de Marie, fusils pointés sur vous. Ils sont six.

Inspiré, vous libérez vite votre chimère, la déposez par terre.

— Plus un geste ! vous ordonne un militaire.

Miracle, rapide comme l'éclair, se faufile entre les hommes armés pour monter les marches et s'enfuir.

— Rattrapez-la ! vocifère le même soldat, quatre des hommes se pressant à la suite de l'animal.

Il vous met en joue.

— Ève a tout avoué ! Elle vous a doté d'une bête possédant la réponse et capable de libérer les immortelles. Rendez-vous !

Vous vous agenouillez, défait, vaincu. Vous posez vos mains derrière votre tête, l'échine courbée vers le sol.

C'était donc ça, pensez-vous.

Le regard embué, vous êtes assailli de tremblements des pieds jusqu'aux oreilles.

Votre chimère survivra-t-elle ? Rendra-t-elle la liberté à toutes ces femmes ?

Ce sera votre dernière pensée :

Un jour, l'Homme s'inclura dans la Bête.

Et c'est la Bête qui sauvera l'Homme de lui-même.

— Qui pleure là ?
Et alors,
ce sera la vie ou la mort ?
Il faut qu'on en fleurisse.

Ève	11
Apo	13
Salomé	15
Lilith	17
Les Pleureuses	19
La Grande Prostituée	21
Marie-Madeleine	23
Les Filles de Celofehad	25
La Femme adultère	27
Anne	29
Dina	31
Ada	33
Cilla	35
Aksa	37
Marie	39
Avigaïl	41
Tabitha	43
Susanne	45
Shifra	47
Poua	49
Tamar	51
Sodome	53
Myriam	55
La femme de Pilate	57
Apamè	59
Juda-la-Perfidie	61
Maaka	63
Priscille	65
Saphira	67
Servante	69
Vasti	71

Une femme qui dort	73
Agar	75
Athalie	77
Elizabeth	79
Cellule vide	81
Houlda	83
Hérodiade	85
Jephtée	87
Avishag	89
Lydie	91
Béhémoth	93
Fille de Loth	95
Josée	97
Noée	99
La Veuve	101
Saba	103
L'autre Marie	105
La Mère	107
Miracle	109
Modes	111
Femme infirme	113
Léviathan	115
Khimaira	117
IA	119
Bête	121

Achevé d'imprimer sur les presses
de l'imprimerie Gauvin (Canada)